Mechanical Marie 1

Mein Hausmädchen ist (k)ein Roboter?

Aki Akimoto

Mechanical Marie

Mein Hausmädchen ist (k)ein Roboter?

1

Inhalt

Keine Reaktion

...

ゴバ
Öchö

イホ

Die Standuhr ist explodiert?!

Verdammt!

Schon wieder?

Öchö ゴバホ

!

Waaaah!

Wah!

Wah!

Kata-strophe!

Los, löscht den Brand!

Dalli!

Aber sie wirkt ganz echt!

Verzieht nicht mal die Miene, wenn alles in die Luft fliegt.

Ein Roboter. In der Tat.

...

... bin ich nur ein Mensch ...

Eigentlich ...

Nein.

Kann ich dich Marie nennen?

Darf ich?

? ?

So geil!

JUHUU!

Klingt, als würde eine echte Frau antworten!

Ugh ...

Sie können mich nennen, wie es Ihnen beliebt.

Ist das derselbe Typ wie eben?

Ey, warte mal!!

Ah!

Ich beginne mit der Reinigung des Zimmers.

Ich mach mich an die Arbeit.

Er macht einen netten Eindruck. Bis er es rausfindet. Dann heißt es »Kopf ab!«.

Zück

ほわわわん STRAAAH!

In Gesellschaft reiß ich mich zwar zusammen und würg sie runter ...

... aber eigentlich kann ich Paprika auf den Tod nicht ausstehen.

Marie? Kannst du dich darum kümmern?

Was geht denn mit dem ab?

Hä?

Ganze 0,089 Sekunden!

Du bist zu spät!

Ich bin ernsthaft verwirrt.

Marie, tu so, als wärst du ein Mensch, und geh mit mir zur Schule, okay?

Wenn was ist, ruf ich dich sofort.

... seine Rede zum Umweltschutz halten.

... wird der Gewinner des kürzlichen Debattierwettbewerbs ...

In der heutigen Morgenversammlung ...

Ähem

Dass ich auf so eine gute Schule gehen darf ...

Arthur Lewis ...

... nach vorn bitte!

Jawohl.

Seine arrogante Haltung geht einem echt auf den Sack.

Langweilig...

Urgh—

Mal wieder kriegt dieser Despot alles reingeschoben.

Sein Fanklub wird größer.

Aber mag keine Paprika...

Er ist talentiert...

EXCELLENT AWARD

Arthur Louis Zates

Arthur hat viele Auszeichnungen...

MVP AWARD

Aber mein Master hat auch viele Feinde.

Was will die?

Die ist doch ein neues Hausmädchen bei Arthur!

Egal, was ihr sagt, es klingt einfach neidisch.

... müsst ihr einfach nur bessere Noten bekommen als er.

Wenn ihr Master Arthur so wenig leiden könnt...

Ey, sag mal! Was ist denn das für ein ausdrucksloses Gesicht! Ist ja unheimlich!

Marie
...!!

Master
Arthur!

くる Wirbel

Was ist mit dir?

Aber wenn ich da hoch- klettere ...

... bleibst du doch zurück, Marie!

Mit mir? Das spielt keine Rolle.

Ich kann Sie nicht sterben lassen, Master.

Schluck

Mir egal, ob du ein Roboter bist!

Ich lass dich nicht hier!

Das ist nicht gut. Der Master hat zu viel Rauch einge- atmet!!

Öchö Öchö

Es muss eine andere Möglichkeit ...

Was muss ich denn tun, damit du mich hierlässt?

Ich werde ...

... einfach auspa- cken!

Master Arthur ...

... eigent- lich ...

... bin ich ...

...!

Wenn's dir jetzt wieder gut geht, dann hopp! Zurück an die Arbeit!

Deine Genesung haben wir ihm als Wartung verkauft.

Teufel!

Er war ja fast menschlich...

Ich habe ihn noch nie so gesehen!

Klack

Entschuldigung!

...dass Sie mich haben reparieren lassen!

Master Arthur, danke...

Marie!

Ich freue mich.

Ich stehe wieder zu Ihren Diensten!

Bist du vielleicht...

Du...

Du...

Marie...

?

Nichts.

Ach nein.

Das ist ja auch völlig sinnlos. Sich in einen Roboter zu verlieben, ist doch dämlich.

Ich sag besser nichts.

... aber das lag wohl nur daran, dass mein Gehirn vor lauter Sauerstoffmangel verrücktgespielt hat.

Bei dem Feuer wirkte es auf mich, als hätte Marie wie ein richtiges Mädchen gelächelt ...

Ich verlieb mich ja nicht mal in einen Menschen!

?

... (k)ein Roboter.

Ich bleibe wohl noch ein Weilchen ...

Kapitel 02

Vorstellung der Hauptpersonen

Arthur

- Eigentlich ein ziemlicher Otaku, der eine große romantische Faszination für humanoide Roboter empfindet.

- Misstraut Menschen generell, doch im Kern ist er rein
  und naiv, weshalb er an Okkultes und urbane Legenden
  glaubt.

- Ring am linken Daumen ist ein Geschenk seines Vaters
  (wird oft vergessen, ihn zu zeichnen).

- Sternzeichen: Widder.

- Blutgruppe: A.

Marie

- Ein Hausmädchen mit Nahkampfskills.

- Seit sie in Arthurs Haus ist, trainiert
  sie angeblich jede Nacht heimlich auf
  dem Dachboden.

- Sternzeichen: Wassermann.

- Blutgruppe: O.

Die sind wirklich nachlässig geworden.

Das war ganz schön knapp.

Wer hätte gedacht, dass ich schon wieder von einem Bediensteten beinahe umgebracht werde.

Ent- schuldi- gung.

Eigent- lich bin ich ...

... und hinter- gehen einen nicht wie Menschen.

Künstliche Dinge sind doch das Größte! Sie lügen nicht ...

Hach!

※ Ein und die- selbe Person.

Ein Robodienst- mädchen wie du, Marie, ist das Größte!

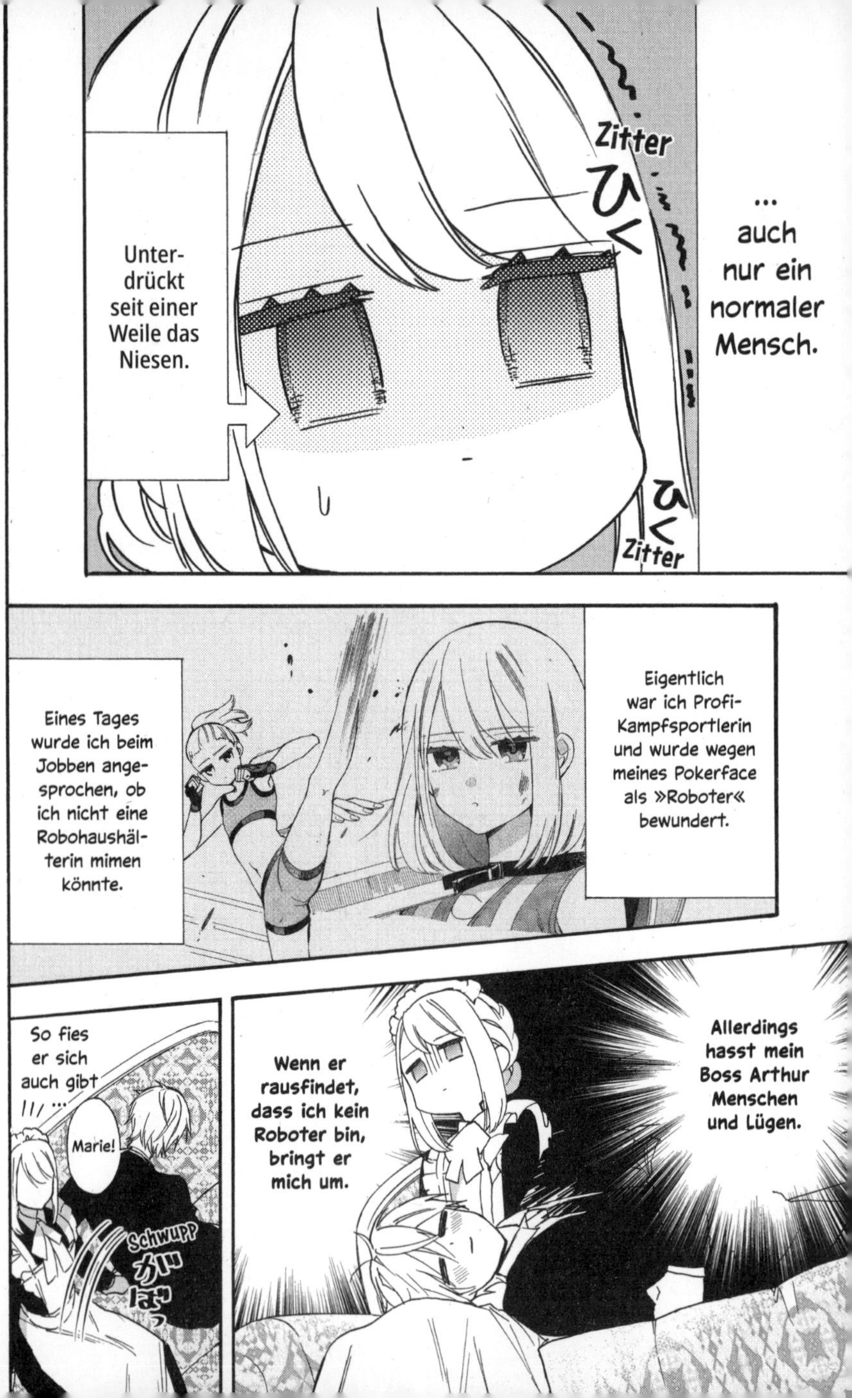

Unterdrückt seit einer Weile das Niesen.

Zitter
ひくっ

ひくっ
Zitter

... auch nur ein normaler Mensch.

Eines Tages wurde ich beim Jobben angesprochen, ob ich nicht eine Robohaushälterin mimen könnte.

Eigentlich war ich Profi-Kampfsportlerin und wurde wegen meines Pokerface als »Roboter« bewundert.

So fies er sich auch gibt ///...

Marie!

Schwupp
がばっ

Wenn er rausfindet, dass ich kein Roboter bin, bringt er mich um.

Allerdings hasst mein Boss Arthur Menschen und Lügen.

... zu Robotern ist er außergewöhnlich freundlich.

Danke für vorhin ...

Gwit *Gwit*
ぎゅううう♡

Oh Mann!

Das gefällt den Verwandten nicht, und sie versuchen, ihn aus dem Weg zu räumen.

... aber trotzdem ein uneheliches Kind.

Arthur ist zwar der Erbe der Xetes Corporation ...

Das ist so anstrengend!

Ich darf mir daher keine Blöße geben.

Jeden Tag will mir jemand an die Gurgel ...

Dröppel
ヨ ヨ ヨ

In dem Fall ...

... dass ich bisher überlebt habe, wäre doch ein Lob wert!

Ich ...

Niemand hat mich je gelobt!

Das ist doch *frustrierend.*

モグモグ

Happ

Happ

Happ

Happ

Ich bin immerhin verant- wortlich ...

Wenn raus- kommt, dass du ein Mensch bist, bin ich genauso tot wie du.

Hey, hörst du mir überhaupt zu?

... kann ich was essen.

Nur wenn Master Arthur im Bad ist ...

Wenn mein Geheimnis auffliegt ...

Hey, warte! Das war mein Sandwich!

Wusch

Gib mir nächstes Mal ein paar Proteinriegel mit! Das wäre klasse!

Okay, ich geh dann mal!

... bin ich so was von mausetot!

Schnapp

Klack
ガ
チ
ャ

Ar-
thur!

Irgendwie
wurstel ich
mich von Tag
zu Tag so
durch.

Stief-
bruder
...

Ich dachte,
ich komme
kurz vorbei.

Ich war
zufällig in
der Nähe.

Er ist
Arthurs
Stief-
bruder.

Marie,
das ist
May-
nard.

Schwupp
ス
ッ

Huaaaargh!

Die Toilette ist da lang.

Schwupp
スッ

Ich hab sie überhaupt nicht kommen hören!

Zuck
ビッ

Was ist denn das für ein Weib?!

Benimm dich, wie es sich für ein Hausmädchen gehört!

Du erschreckst einen ja!

Schleich dich nicht so an!

Wähäää

Horror ist überhaupt nicht mein Ding!

Was ist los?

Was hat er denn?

Äh, da drüben geht es aber nicht zur Toilette ...

...
Das ist nicht gut.

Mach dir nichts draus.

Der Typ hat schon immer an allem, was ich getan habe, etwas auszusetzen.

...

Gott sei Dank ist er weg.

Ach was.

Ich war unhöflich zu Ihrem Stiefbruder.

Tut mir leid.

Ich musste mir ...

»Was für ein unheimliches Kind, von wem hat sie das nur?«

Geh weg!

Manche sagten über mich auch so etwas wie:

...
wegen meines Gesichts mein ganzes Leben lang anhören:

»Mit Marie spielen ist voll langweilig.«

...
dass man schlecht über mich spricht.

Ich bin es gewohnt ...

...
schlecht über Arthur gesprochen wird ...

Aber ...

...dass wegen mir ...

... geht mir gehörig gegen den Strich.

... die Stören-
friede sind
weg.

Okay
...

... immer
hundert
Prozent.

über
ihn darf
man nicht
schlecht
reden.

Arthur
gibt
nämlich
...

Wie heute kann jederzeit Besuch reinschneien!

Es darf kein Staubkörnchen zu sehen sein!

Meine Bediensteten hier sollen das Anwesen blitzeblank putzen!

Ich gehe jetzt zum Vortrag eines Bekannten meines Vaters!

Jawohl.

Jawohl.

Arthur ist nur zu Marie nachsichtig.

Da ich mein Zimmer immer tipptopp halte, hat sie wenig zu tun.

Marie soll mein Zimmer machen.

Dann muss ich wenigstens perfekt putzen!

Ich kann nicht mal freundlich lächeln.

Dschumm
どんより...

Drei Minuten zu Fuß bis zum Veranstaltungsort.

Also dann ...

Arthur, Marie – macht's gut!

Ti hi

Da fällt mir ein, ich muss noch dringend was erledigen.

... habe ich immer wegen dir dabei!

Die AA-Batterie ...

Du hast mich schon wieder gerettet, Marie. Danke dir!

...

Ich habe zu danken.

Ach was.

Ah ...

Er hat sich bestimmt für mich ...

... mit Gewalt befreit ...

Er hat Fesselspuren am Handgelenk.

Mein Robodienst-mädchen ...

... ist viel zu süß!

Ich bilde mir schon ein, ein lächelndes Kind in unseren Armen zu sehen!

Ich hab doch einen an der Klatsche!

Aaah!

Aber romantische Gefühle für einen Roboter?!

... hat er garantiert wieder merkwürdige Gedanken!

So wie Arthur dreinschaut ...

Ich muss unbedingt einen Weg finden, wie ich einen Roboter heiraten kann.

Kapitel
03

Heute
findet in
Arthurs
Villa
...

... eine
Party
statt.

Das
ist
doch
lächer-
lich!

Auch heute ist Arthur wieder ...

... ein Boss zum Fürchten.

... zu mir als »Roboter« ist er unglaublich nett.

Aber ...

Es geht nichts über Maschinen!

Menschen kann man einfach nicht vertrauen.

Ah! Marie!

Roy! Bereite das vor!

Ja.

✦ ✧ Gwif

... wird hier regelmäßig abgehalten.

Diese Stehparty ...

Er weiß nicht mal, dass ich ihn belüge!

Äh, nein, nein, grade nicht ...

Na, mach »Aaaah«!

Und das, obwohl ich eigentlich ein Mensch bin ...

Schraub

Schraub

Normaler-
weise kümmert
sich mein Vater
darum. Heute ist
er jedoch auf einer
Geschäftsreise
im Ausland und
ich springe ein.

Irgend-
wie läuft
es nicht
gut.

Wenn es
eine Party
nur für uns
beide wäre,
Marie
...

...
wäre das
schön.

Ugh

Lins
ちらっ

Denn
auf
dieser
Party
...

Ich
darf
jetzt
nicht
senti-
mental
wer-
den!!

Egal, wohin man auch blickt!

... überall Promis!

... sind Promis ...

Politiker

Model

... aus bitter-armen Ver-hältnissen.

Gras aus der Gegend

Mümmel

Mümmel

Ich komme ...

VS

Selbst im Finale der Kampfsport-meister-schaften ...

Die ganzen Promis machen mich unglaublich nervös!

Zitter ぶる

... war ich null nervös. Aber jetzt geht mir gehörig die Pumpe!

... oder als ich im Wald einen Grizzly vertrimmt habe ...

Zitter ぶる

Das stimmt.

Als sein Nachfolger darf ich auf keinen Fall versagen.

Mein Vater hat mir die Verantwortung für diese wichtige Party übertragen.

Gwit...

... was ich kann!!

Deshalb tu ich auch heute wieder für Arthur ...

Gut, ich gehe.

Neulich habe ich mich entschlossen ...

... ein Hausmädchen zu werden, das Arthur würdig ist.

Schwupp

ス

ッ

? Huch? Hast du was mit diesem Teller gemacht?

Nein, was denn?

Und nun?

キョロ Blick

キョロ Blick

Was kann ich sonst noch für Arthur tun?

Ich entsorge nur Arthurs verhasste Paprika!

Mampf! も ぐ

Mampf! も ぐ

Ich krieg Paprika nicht runter.

In Lichtgeschwindigkeit vernichtet.

Ich bin fix und fertig.

...

Dann ruhen Sie sich hier im Zimmer etwas aus.

Bin ich nicht erbärmlich, weil mich das so fertigmacht?

Hier, etwas Wasser.

Ich hätte nie gedacht, dass es so anstrengend ist, so viele Gäste zu empfangen ...

Arthur wirkt niedergeschlagen.

... wie er es neulich bei mir gemacht hat.

Wenn ich ihn nur ebenfalls so trösten könnte ...

Schwupp すく〜…

Domm Domm

Oh nein! Ich hab Herzklopfen und Atemnot!

Badumm Badumm

Ach nö!

Bleib doch noch ein bisschen bei mir!

Schwupp

Da es Ihnen wieder besser geht ...

... gehe ich zurück auf die Party.

Ich fühl mich irgendwie komisch!!

Klack

Nun denn!

Warum schlägt mein Herz nur so?

Verzeihung, ich bin momentan im Arbeitsmodus ...

... da die Party noch in vollem Gang ist.

Laut Programmierung haben Sie, Master Arthur, keine Berechtigung dafür.

Kann man das nicht ändern?

Was?

Ach komm ...

... dass ich einfach weggerannt bin ...

Mein Herzklopfen war so stark ...

Uhuu

Starr
ぽ～

Marie!

ぽ———・・・
Starr

Ah!

Entschuldige! Bring dem älteren Herrn dahinten bitte das Wasser.

Ey!

ガチャン
Klirr

ぽ———
Träum

い
Grapp

Danke dir!

Tuschel Tuschel
ザワ ザワ

Ich wollte Arthur so gern nützlich sein ...

Ich kann nix.

»Mein Vater hat mir die Verantwortung für diese wichtige Party übertragen.«

Ruck
ぐん,

Ich hab alles vermasselt!

Sehen Sie sich diesen Mann an.

Schwupp

Ich erkläre die Situation sofort.

Entschuldigung für diesen Auftritt.

Messer, eine Pistole ... der Kerl ist durch und durch verdächtig!

Schüttel

Schüttel

Ieeeks!

Plumps

... hat Sie alle vor diesem Fiesling beschützt.

Dieses Hausmädchen ...

Wah!

Wow!

...

Krass!

Beeindruckend!

Vielen Dank!

Was denn ...

Glück gehabt?

Wahnsinn!

... beruhigt weiter feiern.

Dank ihr können wir ...

Die Stimmung ist wieder besser.

Roy, ruf die Polizei! Jetzt sofort.

Lächel

Du sagst zwar, du findest dich erbärmlich ...

Arthur ...

... aber ich finde dich toll.

Master Arthur ...

Oh!

Ich wusste es! Dir steht auch andere Kleidung als deine Hausmädchenuniform!

Ein Kleid

... du sollst auch als Gast auf die Party kommen!

Ich bin froh, dass ich dir gesagt habe ...

Gwit

... fast die Party gesprengt habe, als ich den Verdächtigen unschädlich gemacht habe.

... dass ich heute ...

Entschuldigen Sie bitte ...

...

Marie, das ist doch okay.

Die Prioritäten sind bei dir eben so programmiert.

...

Und über den Tag verteilt ...

... hast du ganz viel erledigt.

Ich hab es genau gesehen!

Genießen wir die Zeit!

Die Party ist vorbei ...

... und wir sind endlich wieder allein.

Arthur ...

... ist irgendwie ein toller Typ.

Heute ...

... immer dienen ...

Greif

Ein Robohausmädchen, das solche Kleider trägt?

Geht das wirklich in Ordnung?

Ich möchte ihm ...

Sst

Kapitel
04

...
das
Herz
bis in
den Hals
geschla-
gen
hat
...

So
...

... wie mir
gestern
...

Ein
Roboter
hätte sich
nie so ver-
halten!!

...
hat
er hun-
dertpro
gemerkt,
dass
ich ein
Mensch
bin!

Aaaah!
Was soll ich
nur tun?

Wie kann
ich Arthur
nur aus dem
Weg gehen?

Anderer-
seits
...

...
war es gestern
so finster, dass
er mein Gesicht
bestimmt nicht
gesehen hat
...

...
und dass ich
ihn weggestoßen
habe, kann ich
vielleicht mit ei-
nem technischen
Problem be-
gründen
...

?!

Klack

Okay!

Zappel

Zappel

Zappel

Schwupp

Er darf nicht spü-ren, wie sehr mein Herz klopft!

Bodomm

Domm

Domm

Lächel

Nix?

...

... was haben Sie auf einmal?

Master Arthur ...

Schwupp

Das ist gelogen!

... aus der Fassung bringen und Beweise sammeln!!

Arthur will mich bestimmt wieder wie gestern ...

Starr

Hah ...

Ich muss auf der Hut sein!

Wisch Wisch

Rätselhafte Behandlung wie ein Mädchen

Ich muss mich einfach noch roboterhafter verhalten als sonst!!

Es ist in Ordnung.

Ist es schwer? Soll ich es nehmen?

Unter Beobachtung

Starr

Schwupp

Er kommt mir öfter so nah ...

Was ist nur los mit mir?

Ist doch nichts Be- sonderes.

Dass mein Herz so stark klopft ...

Seit gestern bin ich wirklich komisch.

Gnn

Egal, was er tut ...

... mit ihm ...

... meine Lüge ...

... darf auf keinen Fall auffliegen.

Aber ...

Piep
Stopp

... wenn doch alles ans Licht kommt ...

... zusammen sein.

... kann ich nicht mehr ...

Gnn

Mit sofortiger Wirkung bist du ...

... als Hausmädchen gefeuert!

...

Am nächsten Tag

Marie! Komm mal bitte!

Was?

Arthur sieht dich seit gestern komisch an. Er hat Verdacht geschöpft.

Warum denn das?

Aber, aber ...

Roy ...

Ja!

Hey!

Komm rein!

Bwww

Aber keine Sorge. Ich habe schon Vorkehrungen getroffen.

Wenn es so weitergeht, wird es für dich zu gefährlich.

Ich weiß nicht, was vorgefallen ist ... ... aber dein Geheimnis ist wohl aufgeflogen.

Was?

132

?!

Entschuldigen Sie mich bitte!

ウィーン
surrr

Jetzt ist es endlich fertiggestellt.

... bevor ich dich gescoutet habe.

Das ist das Robohausmädchen, das ich für Arthur entwickelt habe ...

キュルキュル
Roll Roll

Erst habe ich nur ans Geld gedacht und dass ich zur Schule gehen darf.

Ja, das stimmt.

Es muss doch auch für dich schwer sein, die Lüge weiterhin aufrechtzuerhalten, oder?

Jetzt sagst du mir, dass du mir geben kannst, was ich möchte ...

... ohne dass ich so einen gefährlichen Job machen muss.

Wenn das so ist ...

Roy ...

Arthur?!

Schwupp

Das urplötzliche Upgrade ...

Das kam mir schon komisch vor!

Es ist ein neues mechanisches Hausmädchen da ...

Roy, erklär mir das!

Wusst ich's doch!

Wenn das jetzt auf diese Weise auffliegt ...

... ist Roys Plan ganz zunichtegemacht.

Der Abschied zwischen Arthur und mir könnte kaum schlechter laufen.

Was hast du mir ...

... von Marie verschwiegen?

Master Arthur, Sie haben doch jetzt ein neues Robohausmädchen.

Ich muss irgendwas machen.

... nicht mehr ...

Deshalb werde ich ...

Sie ist leistungsfähiger als ich.

Murmel

Mist ... Heute Morgen habe ich aus Versehen den Kampfkraft-Scanner aktiviert.

Was?

Wenn sich jemand mit hoher Kampfkraft Arthur nähert, wird die Person als Gefahr eingestuft ...

... und neutralisiert!

Schwupp

Marie 2.0 ist mit einer hochmodernen Technologie zur Messung von Kampfkraft ausgestattet!

Schwupp

!!

Ich halte sie auf. Niemand wird verletzt.

Nein, alles gut.

Tapp

Hey!

Verdammt!

Ich habe die Neustart-Fernbedienung im Zimmer liegen lassen!

Dosch

?!

Was für eine Geschwindigkeit!!

Sie hat auch mehr Kraft als ich!

Zitter Zitter
じんじん

Ich

... neutralisiere!

Oh nein!

Hah!

Er versucht wirklich das Unmögliche ...

...

... von Ihrer Seite weichen, Arthur!

Tut mir leid, dass ich ein Muskel-Cyborg bin.

7° ル Zitter

7° ル Zitter

7° ル Zitter

Zwischenzeitlich warst du echt nicht zu gebrauchen ...

?

Allmählich hast du dich auch an die Arbeit gewöhnt.

Es ist viel passiert, aber dank dir hat Arthur nach langer Zeit mal wieder gelächelt.

Hab vielen Dank!

Ähem

Bitte tu weiter deinen Dienst.

Verzeih die Umstände.

... werde ich total nervös ...

Stimmt ... Immer, wenn Arthur in meiner Nähe ist ...

Es ist wirklich wie eine Fehlfunktion ...

Was das bloß zu bedeuten hat?

Klack
カタ
カタ

Marie!

Tapp コッ コッ **Tapp**

Vorerst gehen also meine Hausmädchentage als (k)ein Roboter weiter.

Die Antwort darauf wird sich wohl erst später ergeben.

Mechanical Marie – Mein Hausmädchen ist (k)ein Roboter? #1 Ende

Hallo zusammen!

Schön, dass ihr euch diesen Band geholt habt!

Mechanical Marie – Mein Hausmädchen ist (k)ein Roboter? war ursprünglich als One Shot geplant, aber letztendlich wurde eine Serie daraus.

Ich hatte lange nur Einzelkapitel gezeichnet und wusste nicht, wie man eine fortlaufende Geschichte schreibt. Daher habe ich mich sehr unsicher gefühlt. Doch dank der Redaktion, der Unterstützung der Fans und meiner Familie konnte ich jedes neue Kapitel mit Freude zeichnen.

Ich werde auch für Band 2 mein Bestes geben, damit es euch gefällt. Bleibt mir gewogen!

Fanpost bitte an

Altraverse GmbH
Aki Akimoto
Ruhrstraße 11a
Phoenixhalle I.
22761 Hamburg

...

Marie im Maidcafé-Outfit

Thank you

Ich mag es lieber, wenn die Dienstboten lange Kleider tragen. Aber Marie lasse ich alles durchgehen!

Die Fortsetzung erschien in der Januar-2021-Ausgabe vom *LaLa-Magazin!* Es gab sogar eine farbige Seite am Anfang, also würde ich mich freuen, wenn ihr dort mal hineinschaut! Die Handlung geht weiter, neue Charaktere tauchen auf, und der Schauplatz verlagert sich nach draußen und sogar bis in die Schule. Freut euch darauf!

altraverse

Deutsche Ausgabe / German Edition

Altraverse GmbH
Ruhrstr. 11 a
22761 Hamburg
kontakt@altraverse.de

Aus dem Japanischen von Anemone Bauer

KIKAIJIKAKE NO MARIE by Aki Akimoto
© Aki Akimoto 2020
All rights reserved.
First published in Japan in 2020 by HAKUSENSHA, Inc., Tokyo.
German language translation rights arranged with HAKUSENSHA, Inc., Tokyo
through Tuttle-Mori Agency, Inc.

Redaktion: Anne Fattin
Herstellung: Michaela Müller
Lettering: Vibrant Publishing Studio

Druck: Nørhaven A/S, Viborg
Printed in Denmark

ISBN 978-3-7539-3076-3
1. Auflage 2025

www.altraverse.de